Music for
Bamboo
Strings

SUNDIAL HOUSE

SUNDIAL HOUSE EDITORIAL BOARD

Anne Freeland
J. Bret Maney
Alberto Medina
Graciela Montaldo
João Nemi Neto
Rachel Price
Eunice Rodríguez Ferguson
Kirmen Uribe

Music for Bamboo Strings

Carlos Pintado

Bilingual edition translated by

Lawrence Schimel

SUNDIAL HOUSE   NEW YORK   •   PHILADELPHIA

**SUNDIAL
HOUSE**
New York ⸱ Philadelphia

Copyright © 2024 Carlos Pintado

Copyright © 2024 Lawrence Schimel (English Translation)

This is a work of fiction. Names, characters, places, and incidents either are the product of the author's imagination or are used fictitiously. Any resemblance to actual persons, living or dead, events, or locales is entirely coincidental.

All rights reserved. No part of this book may be reproduced or used in any manner without written permission of the copyright holders, except for the use of quotations in a book review.

Editorial Assistants: Sylvia Gindick, Eleanor J. Gonzales-Poirier, Lizdanelly López Chiclana, and Emily Oliveira

Book design: Lisa Hamm

Cover image: Carlos Pintado

ISBN: 979-8-9879264-5-1

Contents

Contents

Música para cuerdas de bambú /
Texto original en español

71

Preface

WHEN I received *Music for Bamboo Strings*, I ate it up. I swallowed it whole and scraped at the pages, wanting more.

And then I read it again, even faster, as in a fevered dream.

We enter oblivion: the bridges rose as usual above the water.

Carlos Pintado unsettles me, this is why.

But when I read it the third time, I slowed down, I savored it. And that, I think, made all the difference.

Desire, in the night, is a bitter petal.

This is an odd medley, a macédoine. It's poetry because everything Carlos writes (and speaks) is poetry. And it's music because, well, read these aloud—the notes are clean and sweet, as if produced by a Madagascan valiha, with its haunting all natural bamboo strings. But it's more: These are stories, dreams, postcards from many lives lived, portals as delicate as a glass orchid, conjurings full of pain and longing, heartbreaking memories.

I read it a fourth time, even slower. Not leisurely, but in a deliberate, measured way.

It happened in Istanbul, my hands resting upon the book, his body beside my own, promising disaster.

These verses transport, not to easy places, though to very beautiful, haunting places. There are the ones you can find on maps: New Orleans, Vermont, Cappadocia, Nashville, Madrid, Havana (implied). And there are the places that, like a kiss or a gesture lost in a shadowed bar, harvest their magic only with time.

There are cameos: Ella Fitzgerald and Louis Armstrong, Kawabata, Cheever, Virginia Woolf, Isak Dinesen, Tarkovsky, Junichiro Tanizaki, Spencer Tunick, Daishonin, Anna Akhmatova, Brueghel, the Buddha (also implied).

I read these poems a fifth and sixth time and then, frankly, I lost track.

I will kiss you, without memory.

What I've always loved about Carlos's poetry is its precision, its restrain, its classical lines, like a Greek sculpture. What I particularly love about this collection is its looser, more vulnerable, earthier colors.

All of which, by the way, is captured with clarity and care in Lawrence Schimel's excellent translations.

I love these poems. And I love the hand that connects to the heart and mind that writes them.

Achy Obejas
February 29, 2024
Benicia, California

Music for
Bamboo
Strings

Will words betray us?

—Yves Bonnefoy

IN PRAISE OF SHADOWS

A few times per year my fingers brush the pages of
In Praise of Shadows. Junichiro Tanizaki won't know that
I've read it so often that it's enough for my fingers to
whisper over the pages for the words to resound like
the unmistakable echo of the bells of a Kyoto temple.
On warm Caribbean mornings, by a weak light, my
eyes discover and impossible *tokonoma*. I, with never a
fortune to squander, for whom no maiden has crossed
the majesty of a Japanese garden, to whom no warrior
ever promised to win a sacred temple, not even the lamps
flames will copy the inexact silhouette of my body, I've
had to contemplate my life with the same patience with
which a farmer approaches the window and sees a cherry
tree burst into blossom. A few times, I repeat, my fingers
brush these pages that time has blurred and I think

of beauty as an ephemeral season, a claire de lune, a
droplet that reflects, and the splendor of its self-absorbed
contemplation, the universe that contains it. It's rare
that we touch beauty for a few moments. When the
tea perfumes the tiny pots and the tokonoma remains
outlining the spectacle of light and shadow, there is a
moment for thought that everything is there as dreamed
by the gods, that nothing is fortuitous, that someone,
many centuries before, wrote this story that today we'd
take for our own.

THE SWIMMER, CHEEVER, ANOTHER STORY

I am Cheever's swimmer. I've written this story in diaries
that fire shall consume. My children will discover these
pages and will know that their father was more than an
old writer from Massachusetts. I've loved as only a man
of advancing years must love: with fear, with precaution,
with exhaustion. All the things of the world are granted
before death except time. That's why it's impossible
to love any other way. When the birds fly from their
summer afternoon skies, I will have written this story. I
will have crossed the yards with madness flagellating my
face, with desire splitting my lips in two. I am Cheever's
swimmer and I am Cheever, John Cheever, at times,
when I emerge from the pools and someone prepares a
welcome party for me. They say these homes contain a
mournful past. I've understood that a grub surprised
by light experiences a strange delirium and that death,
as we know it, is nothing more than a twist of life. I've
understood these things late. I won't now have time to
visit the fields where men with beautiful torsos endure
like statues. I am Cheever's swimmer. My story is sad
and fleeting, like all stories.

THE GREEK VASE

They fought on the vase an impossible war: the vase had resisted years of horror, of blows. He remained, naked, above his adversary; the adversary, perhaps too young, also showed a certain nudity. They quarreled like lovers, like enemies, immobile. Without declaring themselves victor or vanquished. Near them wait strong men with bull's legs. We observe the vase, that eternity from which we'll never drink.

FIELD OF WHEAT

To Jeanne

A wheat field in the North. I don't hope for more. Let
color burst and I want to write a love poem. Let the trees
outside push the sky a little more with their tips. That I
might say: this is your hand, your tongue, your body. Let
everything be simple, like tossing a stone into a lake.

LOTUS IN FLAMES

> *A breeze from the stream . . .*
> *A fine russet kimono*
> *in the summer night*
> —Yasunari Kawabata

Night and Lincoln Road, bodies, sacred amphoras. You
return from the beach. I know because of the scent of
salt, of skin anointed with oil. I wouldn't know how
to name beauty without remembering you. *Beauty*
and Sadness, like a novel by Kawabata, I think without
nostalgia. Nobody will journey to Kyoto to hear the
ringing of the temple bells. It is still the spring of the
world, the grand summer night. A passage from the book
remembers how they passed the hours on the shores of
the Kamo River, how they turned like adolescents toward
the light of the moon, hiding their faces behind their
fans. You return and we speak of the interminable moon,
of happiness and those lotuses that float above the calm
of the waters before being devoured in flames.

CRANES

I wouldn't know how to explain it but at some moment
the cranes of the haiku and those of a lake in Japan
were the same. The rice paper shone and the word crane
escaped from my hands. It was in that moment that
something—a leaf, a stone, or the reflection of a bird—
broke the stillness of the waters. To speak of a miracle
would be to give a strange inexplicable nature to such
a simple act. I wonder, nonetheless, if one were seen by
Nichiren Daishonin in his exile on Sado Island, if one
crossed, with the elegance all cranes suppose, before his
eyes, and if his eyes, consumed by pain and the despair
of he who knows they will never see other cranes,
dwelled on that other he would inscribe, in the shape of a
drawing, on a pearlized sheet of paper.

VIRGINIA WOOLF, A RIVER, A SINKING FLOWER

He would be in New Orleans, he said. The light buffeted.
The train stretched through fields in the night. He'd be
in New Orleans, he repeated. Something of this he wrote
in pages that won't hold more astonishment than what
is written perhaps from love or serenity. Every word
tried to describe it. If he found stones, he'd think of
Virginia Wolf, of a river, of a sinking flower. Behind him,
dark birds pecked his shadow. The woman would say
something. The children would flee. The flame would be
the same as in Tarkovsky's film.

THE STROLL

The anecdote is, perhaps, apocryphal. Marina Tsvetaeva walks beneath the frozen trees. Anna Akhmatova follows her. There was no conversation between them. The stroll would be governed by silence. Two birds devastated by life, I think, or by the cold. Near them would be beauty, the tall pines tangled in the mists of the air; the paths, some paths, wouldn't lead anywhere. They walked alone, beneath the frozen forests. Without wounds. Without even mentioning some favorite poem. Every time I think of them, I think of the devastated birds.

OUT OF AFRICA

To Eloy

You know you are truly alive when you're living among lions.
—Isak Dinesen

I never had a farm in Africa nor did I stand on the hills
of Ngong, and as a young man, perhaps in rebellion, I
resisted reading the book. Isak was a land in memory,
never a thin body consumed by syphilis, a shadow that
the grass would cut, without any echo, without apparent
musicality. For years I had the book in my hand and
my hand trembled. I remember how the rain fell on
those grasslands and it was enough to close my eyes to
see those bodies lingering beneath the afternoon light,
everything glimpsed from the false luminosity of a
written page. Death moved the gates. Money or the lover
faded away like the leaves. I never had a farm in Africa,
nor the scent of coffee invading those rooms in the
morning. Only lions populated my dreams and perhaps
the sad roar of those beasts was the only memorable
thing on waking.

BEAUTY

To Solaris

After climbing the small hill we look back: the light stretched the cornfields beyond sight, the wind achieved a miracle: everything moved in studied slowness. Then you pointed to the cabin; the echo of bells reached us from somewhere. I looked at your hand and thought of beauty, that world that we'd have before us.

WAJDA

What I am has lived centuries of anguish. Horses of
dark blood have died for me. My head rolled beneath
the Ergastulum. I've lived on trains, in rooms laid waste,
moors where mists clouded the air. My mouth tastes
of metals. My days pass between one wagon car and
the next: centuries of a capital devastation, without
love. In Auschwitz or Katyń they've tugged on me like
a beast. Poor men of my conscience, what could I do
now but remember them in the moment they become
fire or ash. Poor men of my conscience, look at me slash
my hands, touch the fruit, give the slap. Look how the
blood splatters the window so that beyond it is not the
landscape but a station of fears. Life, yes, but at what
price. I've lived on trains, in rooms laid waste. What I
am has lived centuries of anguish.

THE ACT

The ardor of the flame and the finger that doesn't
understand that everything ends or begins at that
moment. Beneath the hills, the city. The light eats away
at the columns, the iron gates, the inner courtyards,
the fountains without water in that immobility of only
portraits. I could turn over the card, refuse this game of
gods and men, remain in the mirror of suicide and fall
face down on the pavement: no act would have any other
nobility, any other meaning.

THE POEM OF ELIS

Elis: I split with my hands suicidal syllables. The
landscape becomes body, whip; the landscape breaks.
Syllables, just that, Elis: barely the whisper of the words:
one that opens the conversation, another that enters
the ears like death into the bodies of life. Syllables,
Elis: the final bleat of the trumpet we barely hear once;
never twice without wondering the reason for the
devastation, why these beams growing in the place of
love and another imply a tree, a country that doesn't
burn like flame between our hands. Syllables, Elis:
your skin touched by days, by hours; my hands in you,
my hands sustaining the limit, my imprisoned hands,
breaking without pain before the mirror, bleeding, a river
my hands. Syllables, Elis: the outline of the footprint on
the wall and the wall that exists to break us, to fall to
our knees like the cattle, in the silence, never from pain;
pain fools, place inexhaustible flesh on edge, the deceitful
flesh, cage, its vestments. After everything we won't have
left a simple act: nothing remains; never are we seated in
a noble house. Syllables, Elis: watch the flower that beats
against the eyes and know that this flower is hunger,
what remains; see the light that beats above everything
and feel the flesh open and only then know that all life is
brief and that we scarcely have time to save ourselves.

MY MOTHER PAINTS A PICTURE
OF YELLOW FLOWERS

She paints a picture of yellow flowers—flowers that
don't belong to any variety, fake flowers of imprecise
fields, flowers of resurrection—and I feel their scent
in the room. I look at her hand and remember: years
ago she painted other pictures. That winter scene, that
portrait. Where are they now? Today I approach and
look at her: her hand sketches delicate profiles: the color
disappears, changes, it is not the color but the mutation
of a color that fascinates me. My mother barely lifts
her gaze; she paints a picture of yellow flowers. Yves
Bonnefoy wonders, in *The Arrière-pays*, what might have
brought this profoundness but the increase of enigma?
What might my mother have brought, I wonder, to
this profoundness that only she achieves if not that of
attaining a time, an abstraction, a shape that, obstinate
in the silence, doesn't produce anything more than
another silence, untamed, hardly necessary? What does it
mean to paint a picture of yellow flowers? What place is
a picture of yellow flowers and why is it painted?

THE LANDSCAPE

To awaken and see oneself, not in the leaf, not in the tree, not even in the field that stretches relentlessly. To awaken and see oneself only in the seed, in its conscience, striving, and knowing that nothing of this exists, that soon we'll be consumed by the landscape, that it will rain upon us, that a hand that's more or less lovely, always human, will cast us into the dust and that the dust will do the same as the hand and that no one shall come to speak to us of tranquility, because everything will happen as fast as a song of the stars in the sky.

THE CHALLENGE

To Héctor Medina

The distance between the rat and myself is minimal.
She looks at the house from her smallness; I look at the
house from my majesty. Prisoners of what spaces, we
both think; prisoners of what trap, we live. The situation
stretches out for minutes. The rat tires of the void; I
tire of the same. The house, I imagine, can't stand such
lassitude, so much unsustainable stillness. It is supposed
that between the rat and I a dialogue is established, a
war, something. But nothing happens: lesser intelligences
defying one another, we are that, in the silence.

THE SACRED

To Jennifer Rodríguez

Between the red tallies, half-darkened, it became damp;
the rain had been a strange landscape, a curtain that
was there shadowing a time, a drawing that recalls the
ruminating of beasts in the night. All that we saw there
stretched out in time; hands that were not ours brushed
against the silk. We saw a painting of a cherry tree in
bloom: the air scented and the coasts of the country
blurred the penumbra: the sea broke, nocturnal, and the
foam broke away. Everything was music, and summer
evoked names pronounced by horror, by neglect. I've
returned for no one and perhaps for nothing; beyond
the window a hand waved slowly. Everything brandished
its strange persistence like in a dream. I returned for no
one, I've said, but in the late hours, engulfed in the glow
of the trees in the night, a stranger undressed suddenly.
I saw his clothes fall, I saw his body offered to the wind
like a bonfire, I saw his hands imitating an Egyptian jar,
slightly sacred. I've come back to see his eyes; his body
silhouetted by the light as if he carried, hidden behind
his back, small oil lamps. It rained. The dew perforated
the time of things. The columns blandished their gold
to the air, squalid children played, someone whistled
a song and in the painting the light glimmered, weak,

like the dawn that sometimes, perhaps timid, enters the landscape tentatively. Thus the bodies advanced in the distance, touched in the pride and commiseration of provincial inhabitants. That's how the cars flew through the fog, inundated by a music that confused everything. The air became imbued with scent once more: the light entered promising a fire, which far from warming us, far from submerging us in that sacred space that all light suggests, must burn us.

THE LETTER

I stopped writing the letter. Flickering the light upon the empty bowls, wisely placed on the table. Silent the light and the bowls, I thought. Then the youth entered who as usual didn't expect more than a gesture, an acceptance. The words I said remained in me with the unavoidable calm with which we recall an ancient psalm. I stopped writing the letter and looked at his caligae. An echo of a falling sword woke me at that moment. I continued writing: the letter would begin thus: *Flickering the light over the empty bowls . . .*

THE CALLIGRAPHER

He wrote by hand. Words sprouted like islands in the
dawn. Behind was music, light, a world in flight. Put to
paper, they seemed little towers forming a kingdom. For
an instant I felt that order, that need, for the written to
have the impulse of a gesture. Sometimes, trying to shake
free from a beautiful object, he looked at the things
that surrounded him in the room: a lamp, a book with
golden covers, a portrait, a samovar. Ordered without
precision, jumbled one beside the next, the space reduces.
He returned to the page. The splendid whiteness, a sheet
of moon. The words sprouted once more as if everything
were the visual landscape of an impossible conversation.

THE FULFILLMENT OF A DREAM

We enter oblivion: the bridges rose as usual above the
water. Then everything dazzled: the blades of the swords,
the pearls that adorned their pommels, had the splendor
of sacred things, things that my hand would brush for a
moment as if attaining beauty or oblivion. The sky wasn't
lacking nor the music that set the faltering rhythm of our
breasts, nor the hands that would touch, in a ritual never
repeated twice, those lacquer bowls from which night
drank, immeasurable. It was at that moment that I asked
for the fulfillment of a dream and the banners affixed
themselves to the air and the gold of the silks blazed in
the night air. It was then that everything happened as
if for the first time; the voice of a young woman would
reach me holding between her hands a mirror in which
her face and my own would be forever blurred.

DESIRE

Desire, in the night, is a bitter petal. I returned from the
Arscht Center. Memories floated in my mind: *strangers
in the night*, Schubert, symphony in three movements,
Twyla Tharp and Balanchine and the crowd applauding,
pleased. I had sworn a thousand times not to repeat
that story of bodies losing themselves in the shadows,
biting a lip, becoming aware that everything begins and
ends here, at this moment, an inevitable script. Desire, I
thought, that strange impulse.

SILK

Here we had a pleasant conversation. Here was the fire browning our hands, the glimmer of the flame in the metal of objects. This is my love, I said, this body that my hand crosses, this season of suicidal birds, this the oblivion that encloses me like a rabid animal. When we made silence, a silk lowered from his eyes. I thought of a character from Vermeer or el Greco. I stretched out my hands. When the silk fell, there was no fire nor were we there ourselves.

BEAUTY

When we wished to define beauty, a boy crossed beneath
the fabrics that the light and air rustled, heading toward
the plaza. That act, lovely and fleeting, must silence us.
The image of the boy remained for a few moments or
all eternity. Who could say that this place was made for
glory. Who could sleep with the fear that the face might
change faces or the hands palpating the sidewalk detect
an imminent abyss, what stone would promise a path,
what lamp a return.

THE SHORES

I brush the surfaces of books. A ship goes astray, a hand sketches an unfading landscape. I think I don't recognize myself in front of the pyre of the dead. None of their songs will sustain my history. Procuring a domain, a body that stretches like a log over the river, won't give the tranquility of these days of calm. We speak of the places where the sun trickled, of the natural oblivion of the harvesters, of the sun breaking beyond shop windows. We were poor, without any apparent levity; folded upon fear, rowing like oh-so-slow cadavers upon the water. When we saw a town we thought of the shores that happiness imagines, but happiness was never a placid town, nor a sleep street with gold lamps. All we dreamed was in books. Dream, heart, those are times to tell the story of the lamplighter and of the village in which we shall erect our love like an Ergastulum in the middle of the town square.

CLAIRE DE LUNE IN VERMONT

For Gema Corredera

Pennies in a stream
Falling leaves, a sycamore
Moonlight in Vermont . . .
—Sung by Ella Fitzgerald and Louis Armstrong

Ella and Louis sang *Moonlight in Vermont*. We sought the
current, the leaves of the sycamores falling on the river.
Mountain and sky could be touched. The summer air
blew; the birds sang. We hummed the song. I thought of
the language of the trees, of the body, your body, which
my hands confirmed. How would it be, I thought, to
not have seen you, to not stretch myself out beneath
the night grass, to not whisper that song beneath the
unmistakable light of a moon in Vermont. Ella and Louis
sang. Happiness was that moment.

A BRUEGHEL PAINTING

You spoke with words from another world. Who would remember how you disappeared between the elms? What profile you drew? Why this flight toward the places of pain? To name you tiger, maiden or bird is of no use. The poet can never sing your praises. No one will cross that street that leads to the plaza. You could forgive me for so much love, remain above the abyss of the well, wait for death to arrive, exhausted, with a half-lit lantern in his hands. You could forge a landscape by Brueghel, await the early hours of the night, without certainty, without love.

THE PEACE OF PORTRAITS

The body falls. The shadow insinuates a gesture. We search for herring on the Sebald coast. To be there, I wet my body with leaves, drew circles in the palm of my hand while the fishermen spoke of the wind and the stone moon. Everything happens in the peace that portraits imagine. Dogs barked without echo; a body trembled beside my own. I shall dream very simple things: the movement of wind through the leaves, an adolescent face, a forgotten amphora.

LANDSCAPE ON A POSTCARD

I could stretch out my hand and touch the object, the
pure flesh, sleeping beside that body. I saw everything
like someone looking at the landscape of a postcard.
When I closed my eyes, your face and my face were
lost: someone sang a love song. Horns bellowed, the
fruit rolled along my hand. We are made from simple
things, I thought; more or less human things, repeated
until exhaustion. I could guess that ancient scent. There
was a lamp, some bodies in silk and an early morning.
I would lie with elegance: it happened in Istanbul, my
hands resting upon the book, his body beside my own,
promising disaster.

MARGUERITE

I think of Hélène Lagonelle and of her face devastated
by the years. Your face and hers are the same. A few
years ago, she threw her life into the water, you came
from cities in ruins, fleeing from love, from men. I have
no siblings, I said, no land nor anyone who waits for
me. I am another traveler. All that you can hold against
me is a simulacrum. My fear has nothing to do with the
possibility of parents nor with the habit of representing
a lost person in a nameless city. Neither forests nor
silence achieve accommodation within me, a route. I
think of Hélène Lagonelle and I talk to you about her
although you don't know who she is. It is loss that forces
me to speak of dead things. I'd like to write this as a
confirmation. Submerged in this sea of warm waters,
it would be of no use to construct another story. This
is not Delphos. We are not in the Mekong. The line of
the horizon barely prevails. Bathers come and go, sure
of their beauty, of their nudity. Fixation or desire are
ephemeral. Nothing returns. I won't think again of your
face nor the face of Hélène Lagonelle. I shall float in
the sea: I will be an island, a castaway who rejects all
possibility of success.

THE MARVEL

When I say *I love you* without loving you, will I be loving you? There needs to be a forest, that city that begins and ends surrounded by waters. There is a place to remember how we travelled through a province in darkness. A train wagon where we met with an angel with sharpened eyes. We will say nothing about language, about its uselessness. We will eat strawberries on the edge of fields turning green. It will rain without it being rain from Madrid or from Amsterdam. It will simply rain, another marvel. Then will come your mouth and my mouth. I will kiss you, without memory. All the slowness of the world in a kiss.

THE PHOTO

Thomas Bernhard: the photo establishes the order, the meaning. We are Wittgenstein's nephews. We know nothing of cold or sickness. Nothing can hurt us. We are the people of the photograph. Not even death can reach us at this moment. There is no horror. The photo is the obstacle (not ours), the fixation, a limit for which we don't exist. You fear to approach or that I am forever before the door, waiting. You fear the order the photo establishes. You advance upon that chunk of water: you settle in the silence, it is your strategy. The visual torment lasts a second.

THE JOURNEY

A ship passes across the screen and I think of how long that image will last. If I close my eyes, if I place my arm in front of me, could I erase it? Those who travel with the habit of knowing themselves on the deck, saying goodbye with their hands, would they remain? Would they reach a history that eternalizes them? It matters little if the ship is leaving or arriving. None of the travelers will say a word. No coast will welcome them as castaways. The boat passes, in the distance, imperceptible, heading to a place untouched by the waters.

STENDHAL SYNDROME

To Manuel

My eyes already know Marmara's moon, the Sultan
Ahmed Mosque, and the young man in the Istanbul
Bazar. The scents (the essences) open tunnels into
memory. The city enters me in those things: a moon,
a mosque, a young man. I remember the word *huzüm*,
untranslatable. Orhan Pamuk describes it as somewhere
between a state of melancholy or nostalgia, and I am
ashamed to leave without discovering the snow of
Istanbul, its meaning, the grace of the young men who
crossed a plaza in Taksim confident in that beauty youth
imposes. To speak it would have the same value of
weighing a gold coin in my hand that would not grant
anything but the inevitable trick of memory. To speak it
and not feel its weight could be a cruel act. Today I think
of ephemeral things like a moon, the city and a gold coin.

THE BONFIRES

The words gold, iron, shadow are just a term, a season. I lie to not suffer unduly. It is the wave of time, they say. The song that boils in the unpronounceable mouth of the dead. The words *gold, iron, shadow* drag my body as if it were a cadaver. Like the prisoner who sees his last night burn in the bonfires, I abandon all hope of having them for even a few moments.

AN APPLE TREE IN NASHVILLE

To Camila Corzo Corredera

We saw an apple tree in Nashville. I was unaware how
we repeated, without believing it, the legend. It was in
Nashville and the tree silhouetted the sky. The air froze.
I thought: I've come here to repeat a story, to have an
apocryphal awareness of desire. Camila searched among
the leaves for something enduring, never the chosen fruit,
never the commiseration of a defining gesture. I followed
her hand in the air. Something in her was reminiscent of
the beauty of a Greek statue. Would the sense of taste,
I wondered, have language? We ate the apple without
thinking of the apples in Cuba or Miami, resplendent
apples of the Publix market, which would never taste
the same as these Northern apples. Years later, I would
return to that night thinking that all memory guards a
moment, a flavor both brief and enduring.

THE RITUAL

In the breathing of the wood, in the faces that push the night, I see the bodies that delirium extends. I know that the pain will pass but I'll have died before then. The pain will arrive and I won't be here; it will ask for me and I won't be here. There will only be white houses, alleys flooded with dark water. Missing will be the ritual of salvation, the knife will draw a neck (the neck will slowly appear beneath the blade, noble, minimal). No one will say a word.

SWANSONG

To Adrián

The swan sang and didn't die. Beneath the dew of the
patio the dampness discovers the trees in the night.
We held death in our eyes, in our lips. The air smelled
of dust. The swan sang once more. We return less sad.
She threw small stones into the lake. We watched those
rings that soon would give, against the shore, a state of
defenselessness.

THE HABIT

The light upon the deep red awnings and the city that
doesn't know how much beauty shall remain of this.
We speak little, just the essential, someone might say.
Nobody promised anything. Your hand brushed mine
from time to time, artlessly. We had the sea, desire, and
some words we spoke with heaviness, like someone
acting out of habit.

A PHOTO OF SPENCER TUNICK

Between what I write and what I want to write, there
is a cadaver. A naked body that we know by heart, a
mother crying, a streetlight about to go out. You look at
the posters on the bathroom wall, the photo in which I
undressed for Spencer Tunick, the books on the empty
chimney, the swords with Celtic designs; you asked if all
that wasn't an alien world, an escape. The light entered
and I played the *Ella & Louis* record. Soul that will be
mine, any beach will be heaven, you'll bite the strawberry
and we'll all fall silent. That's how the poem will begin,
but your hand touched mine and there was nothing but
the silence like a strange serpent, surrounding us.

OUR STORY

To Tania León

From the dark grass of night, from the deer's footprint and the sound of glass broken by the stone that a hand threw perhaps from cruelty, we shall make our story. If ritual is lacking, the rain will fall like needles; we can hope that everything passes like thirst, like hunger, opening a hole in our chests, kissing one another like whoever discovers the fierce wetness that recalls the beast. Leaning against the wall, we watch how life passes by, how the flickering of the streetlight establishes an order. From the dark grass, from the dew that falls (or rises) we'll make a strange mania of imagining ourselves.

WHEATFIELD WITH CROWS

The crows fly above the wheatfield in the afternoon. They exist (at least for me) in that small space the painting grants. Neither the crows, nor the wheatfield, nor Van Gogh achieved a closeness, a shared pain. Sometimes, like someone performing a ritual, I observe the painting, the false representation of the painting on the wall. Afterwards, everything disappears. I've forgotten that the wall can be truer than the wheatfield with crows. Only the painting remains—its portrayal of agony—remains entering me like a silent claw.

READING *SNOW COUNTRY*

I read *Snow Country* and whispered, slowly, a few words.
I was traveling by train. The window separated the
landscape from me, a hologram of places and people in
movement that my eyes would never see. I thought of
a young girl pouring wine, of a young man who'd arrive
with his face illuminated by the afternoon. Beyond
would be the hill and the line of trees greening until
they disappeared, blurred in the distance. The snow, on
the other hand, would never arrive. To rid myself of that
image, I close my eyes. The train, in the book, entered a
tunnel, immense and dark as night.

SALVATORE

The fields can be seen, the scope of the fields, the
enormous meadows that have seen centuries of love
and anguish pass. Will you return, I wonder, like the
character in *Cinema Paradiso*, perhaps without thinking
about who might have waited for you. If you return, if
you made your own that story that came with the circus,
you'd call yourself Salvatore. Just so that your story and
his had the same end, a strategy to confuse death in a
film that is already taking too long to end.

THE SURPRISE

White birds, human birds that foretell the wind, here
we have a ruin for everyone, a ritual of consummation.
Birds of the surprise, birds that will drink my blood, they
darken the sky, heading like arrows of death to devour
me. Birds that will enter into my dream, will peck open
my eyes in the night, from within, like worms riddling my
sundered flesh: lamps that the young man shall light as
he whistles a song to desolate birds.

THE MIRACLE

To Kirenia

He touched the covers of the books: an edition of W.
B Sebald, the Talmud, another book without a title or
letters; he spoke with strange words. Kendall, Coral
Gables, Brickell, Miami Beach. Suddenly a page would
open and cranes would touch the surface of the lake with
their feet. Here is the miracle, he will say.

BRIEF JAPANESE TREATISE

In Noh, the suit covers with too much austerity the
majority of the body. The threads of gold and silver give
off the briefest of glimmers. Only the face and the hands
and a part of the neck manage to reveal themselves a
little. When we see the actor show that he was a maiden,
perhaps the loveliest of them all, so delicate and slow
that if he restrained his movements he'd seem a statue
pushed by the wind, we think of seduction like an abyss.

STILL LIFE

To Sergio, the Russian

While the birds pecked the fruits, we argued about the
taste of rotting meat. Without subtlety. Without beauty.
As if we were contemplating an old photograph or a
black and white movie. The calling of ascetics or madmen,
they said. Frightened by something that we'd never
know; the birds took flight. With a certain slowness we
approached the site of their feast: the scent of the fruits
burning on their lips. Still life without other attributes.

THE OBJECTS

Touched by the light, the objects shone. They give off
a certain luminosity as if they were painted upon gold.
There was a moment in which to believe that the light
and the objects are the same thing. I think this as I
undress and the music of the record player changes song
and from the sheets someone whispers my name. On
afternoons like these, I read verses by John Done: the
pleasure of the readings is the same pleasure as savoring
a body long yearned for. The loneliness of his eyes
overwhelms me. From the window I see the stopped cars;
some youths sing a current hit. It's little use to imagine if
they're returning from school or if as soon as they cross
the street, they'll love as only the young know how to.
Touched by the light, the objects shone. They give off a
certain luminosity as if they were painted upon gold.

DOLORES O'RIORDAN SINGS

So slight the reflection in the clay bowl: the hands, the
face's profile, the slight undulation of the back, it persists
like a dream. If my fingers brush theirs, if they brush the
enveloping silk, it would be less sad. On the table, sweet
strawberries, books he won't read, an old photograph. I
crossed the street without looking. My love is in Barinas,
I thought. It is afternoon and the "Plaza de los poetas." I
read their names on the wall: names that disappear into
the distance. In Barinas is the heart, the escape, an entire
world without me.

THE PARABLE

Everything takes place with the precise slowness of
the dream: Achilles runs a few meters and the tortoise
barely manages to finish a single irredeemable one.
Achilles advances with all the speed his body allows; the
tortoise persists, stubborn. Shouts of jubilation come
from somewhere. It's obvious that the race doesn't take
place in isolation, and perhaps in the bleachers someone
is betting on one or the other. A few coins roll on the
ground and everything becomes silenced. I follow the
shine of those coins, the serene splendor they possess;
and for a few moments I forget that the eternal race has
begun.

TO THE WONDER

Like Neil, I go from one place to another, in silence.
I've loved in Paris, in Oklahoma. I've made of my life
an empty house, a prairie with bisons. It seems I'm
fleeing something. I always wanted to be on this side
of the dream, to love in Paris and in Oklahoma, to kiss
the French girl, to forget the American one, to go from
one place to another, in silence, as in a Terrence Malick
film where everyone seems to search an undecipherable
wonder.

THE DISASTER

I look for a comfort zone. Once more I enter through those dark gates; I lose myself hopelessly, I go to the bottom. I advance; the shadow of myself is pushing me. I don't have the image of a forest nor a house with doors overlooking the sea. Today I am afraid. Disaster approaches or the image of the disaster. Everything I can hold against myself is already a place in the distance.

THE NIGHTMARE

To Rey

When they raised the torches, I spoke his name. The
room burned with summer. On the table, fresh fruit, a
letter explaining how the seasons passed. Was he waiting
for the moment when young men with eyes like statues
entered to bathe him? I looked at the glass of wine. The
beauty of things, how much did it matter here? I brought
my lips closer and drank. Could he explain what would
remain of us when they extinguished the torches? It is
the dream, I thought, like a nightmare of the Red King.

THE HEART IS A LONELY HUNTER

There was a time when stone was stone
And a face on the street was a finished face.
—Carson McCullers

I read a poem by Carson McCullers: *stone is not stone*,
and I think of that time when stone was stone and your
face (not the face in the street) a perfect face. Between
the poem and us years of anguish have passed. In
Georgia the cherry trees flourished, in South Beach the
boys competed with the summer, the sailboats set off
granting a sense of continuity, a perfect flight so that we
think on the marvel of things that escape. Life, love, faces
in the street, they all flowed. I read the poem and I no
longer think the heart is a lonely hunter, I don't think
of anything. My life pauses in that moment, a stone
immovable for centuries on end.

LIKE IN AN ENGLISH NOVEL

To Sergito Vitier

He spoke of lost islands. His hand drew strange signs
in the air. Islands of air, I thought, places for those who
were never made. To explain himself better, he sketched
figures in the sand. The sea darkened. Behind us, the
perfect line of South Beach hotels. Soon night would
come with the neon of the night. Everything happens
without any novelty, a habit, a ritual. Like in some
English novel, only the scent of the places where we were
happy will remain.

THE TERRITORY OF FEAR

To Yimali

When we cross the street, she lets the book fall. How far does love reach, that fascination we wrap things up in? Is it any use to have a talisman, to kiss one another without thinking of anything? She always approaches silent things, speaks when she has no other choice, talks little. Her hand touches objects as if they were made of air. Is all this of any value? She smiles, says a few words. She is beautiful down to her shadow. Let's walk again, I ask. The book will fall once more. How far does love reach, and to what end?

THE LIMITS

When your clothes fall and your body lingers in the
window a few moments, I love you. You exist only for
me in that instant. What happens before or after doesn't
exist. We speak a bit to convince ourselves that the other
was wrong: the light is, it defines us. There is hunger and
sleep; the jet of water in the bathroom, Norah Jones's
album. You singing come away. It is not enough; I write
in my notebook. It is not the transgression that seduces
me, it is the limit, the sand that doesn't fall from the
clock is what catches my attention, the hand that must
flip the glass with pristine habit. You see how I undress,
how the window separates us from the light and holy
things. I love you, I repeat, right now, nothing more.

SHAPES IN THE SAND

I contemplate the bay, the calm boats about to set sail, unshakeable. Dawn has faded. I'll return to my room; I'll think of your hand entering the sand. Everything happening like in a postcard. The joy of he who knows that every minute is eternal, only that. Tomorrow we can't repeat this story; the bay won't be there, nor the ships, nor will the early morning have the same taste of salt, nor will your hand be the hand that draws shapes in the sand.

THE DREAMED

All that we dream winds up behind us like the coasts of some country. It is the dream, they tell me, never the words with which I try to write without inspiration, without music. The photograph and the landscape interposing themselves. The noise of the airplane brought reality back. Doubt at every moment. I knew that beautiful girls hung their clothes out to dry in the gardens, some would come with the newspaper, the light gleamed upon the objects wisely placed for the miracle. I don't want the meaning of this dream; I don't want to know that a country exists like a bridge or a trap. I don't want to play an album and wind up thinking about how the days founder. Why return to another time, without boredom, without love, without something like guilt taking hold of us?

THE WAIT

We thought that everything would end: the islands, the sea of the islands and those eyes of ours who saw the same things. No sun bronzed the bodies stretched for pleasure. No hand sanctified the salt on those lips. Lands of Abyssinia or Cappadocia saw us arrive as shipwrecks, with the same uneasiness as when centuries earlier other travelers traversed Asia following the dreamed splendor of silk. We thought that a country would die, and it was true. We thought that we would die, and that was true, and with that strange certainty that everything ends, we raised our hands and waved goodbye in a gesture that the years have still not erased. We thought all land was insufficient and every dream immense, that a ship would wait for us, that someone would hoist the sails and that the wind—once more the inevitable wind of the islands— would blow favorably.

CAPPADOCIA

We climbed the golden hills; the light gently touched the
stones. That's how Cappadocia is, Burak said; I wrote,
listlessly, the story of that man who lived what a man
without days nor nights could live, at the mercy of what
spells: a sign on the stone, a glyph, a chant repeated from
the high minarets. A lunar landscape, the end of the
world, everything my eyes failed to discern. We climbed
until the light turned us into golden statues. Nothing to
understand, he repeated, as his hand brushed the rock.
Beauty is just that: a momentary extension of memory
and oblivion.

WORDS, LIFE, A BURNING CANDLE

For Pancho Céspedes

Words, the kingdom of words, shall be yours. When the circular water of night sings its final song and the birds fly blind to crash somewhere, you'll never know and someone speaks of those days that were hours in some street of Paris, you'll remember that all time was too little and that all glory is nothing more than an invention of nostalgia. Words will never help; the kingdom they accompany will be a trap. All you will have built will have the permanence of the clay in the vessel, its fragility. You will say that no one hears you, you will break the loneliness of your life against another loneliness. You will love as one loves without love, for exercise, for salvation. Then you will think of the fatigue with which the hours are wrapped, of the time that passes for us like a cutlass. Only when that happens, will you rise from the chair, light a candle and think if all life is not that: a candle burning between our hands.

LAWRENCE SCHIMEL (New York, 1971) is an award-winning bilingual author, writing in both Spanish and English, based in Madrid, Spain, who has published over 130 books in a wide range of genres. He is also Senior Editor in charge of Spanish-language publishing for children's book publisher North-South Books.

Lawrence's writings have been translated into over sixty languages. He is also a prolific literary translator, primarily between English and Spanish in both directions, who has published over 150 books. His translations into English have won a Batchelder Honor from the American Library Association, a PEN Translates Award from English PEN (three times), and a National Endowment for the Arts Translation Fellowship (with Layla Benitez-James), among other honors.

Into Spanish he has translated works such as the graphic novel *They Called Us Enemy*, by George Takei (Top Shelf); the poetry collections *Don't Call us Dead*, by Danez Smith (Arrebato) and *Collective Amnesia*, by Koleka Putuma (with Arrate Hidalgo, Flores Raras); and the essays *The Art of Cruelty* and *Bluets*, both by Maggie Nelson (Tres Puntos). Recent poetry book translations into English include: *Destruction of the Lover*, by Luis Panini (Pleiades Press); *Bomarzo*, by Elsa Cross (Shearsman); *Impure Acts*, by Ángelo Néstore (Indolent Books, finalist for the Thom Gunn Award), *I Offer My Heart as a Target*, by Johanny Vázquez Paz (Akashic, winner of the Paz Prize); and Hatchet, by Carmen Boullosa (White Pine, winner of the Cliff Becker Book Prize in Translation).

❋ ❋ ❋

CARLOS PINTADO (Cuba, 1974) is a poet, essayist, and playwright who received the Paz Prize for Poetry for *Nine Coins/Nueve monedas*, the Sant Jordi International Prize for Poetry for *Autorretrato en azul*, and was a finalist for the Adonais Prize for *El azar y los tesoros*.

Among his published books are *La seducción del minotauro, Los bosques de Mortefontaine, Los nombres de la noche, El unicornio y otros poemas, Cuaderno del falso amor impuro, Taubenschlag, La sed del último que mira, Instrucciones para matar un ciervo,* and *El árbol rojo*. His stories, essays, and poems have been published in *The New York Times, The American Poetry Review, World Literature Today, Vogue,* and *Latin American Literature Today,* among others. His work has been anthologized in *Home in Florida: Latinx Writers and the Literature of Uprootedness* (University of Florida Press, 2021) and in *Escritorxs salvajes: 37 Hispanic Writers in the United States* (Hypermedia).

In 2023, the Yale University Choir performed Pintado's "Despertar," with music by Karen Siegel. Also in 2023, the Curtis Institute of Music in Philadelphia premiered "In the fields," a series of poems set to music that marked Pintado's fourth collaboration with composer Tania León.

Música para
cuerdas
de bambú

SUNDIAL HOUSE

JUNTA EDITORA de SUNDIAL HOUSE

Anne Freeland

J. Bret Maney

Alberto Medina

Graciela Montaldo

João Nemi Neto

Rachel Price

Eunice Rodríguez Ferguson

Kirmen Uribe

Música para cuerdas de bambú

Carlos Pintado

SUNDIAL HOUSE   NEW YORK • PHILADELPHIA

**SUNDIAL
HOUSE**
New York ⸱ Philadelphia

Copyright © 2024 Carlos Pintado

Reservados todos los derechos. Queda rigurosamente prohibida
la reproducción total o parcial de esta obra o su transmisión por
cualquier medio o procedimiento sin autorización previa y
por escrito, excepto por el uso de citas en una reseña.

La diagramación y el diseño de la portada estuvieron
a cargo de Lisa Hamm.

La imagen de la portada es de Carlos Pintado.

ISBN: 979-8-9879264-5-1

Contenido

Contenido 77

Prefacio

CUANDO RECIBÍ *Música para cuerdas de bambú*, lo devoré. Me lo tragué entero y hojeé las páginas, queriendo más.

Y luego volví a leerlo, aún más rápido, como en un sueño febril.

Entramos en el olvido: los puentes se alzaban en su costumbre sobre el agua.

Carlos Pintado me inquieta, es por eso.

Pero cuando lo leí por tercera vez, lo hice más despacio, lo saboreé. Y eso, creo, marcó la diferencia.

El deseo, en la noche, es un pétalo amargo.

Es una extraña mezcla, una macedonia. Es poesía porque todo lo que Carlos escribe (y habla) es poesía. Y es música porque, bueno, léanlas en voz alta: las notas son limpias y dulces, como si las produjera una valiha malgache, con sus inquietantes cuerdas de bambú totalmente naturales. Pero es más: son historias, sueños, postales de muchas vidas vividas, portales tan delicados como una orquídea de cristal, conjuros llenos de dolor y añoranza, recuerdos desgarradores.

Lo leí por cuarta vez, incluso más despacio. No pausadamente, sino de forma deliberada y mesurada.

Ocurrió en Estambul, mis manos sobre el libro, su cuerpo junto al mío, prometiendo el desastre.

Estos versos transportan, no a lugares fáciles, aunque sí a lugares muy bellos e inquietantes. Están los que se pueden encontrar en los mapas: Nueva Orleans, Vermont, Capadocia, Nashville, Madrid, La Habana (implícita). Y están los lugares que, como un beso o un gesto perdido en un bar a la sombra, cosechan su magia sólo con el tiempo.

Hay cameos: Ella Fitzgerald y Louis Armstrong, Kawabata, Cheever, Virginia Woolf, Isak Dinesen, Tarkovsky, Junichiro Tanizaki, Spencer Tunick, Daishonin, Anna Akhmatova, Brueghel, el Buda (también implícito).

Leí estos poemas por quinta y sexta vez y entonces, francamente, perdí la cuenta.

Te besaré, sin memoria.

Lo que siempre me ha gustado de la poesía de Carlos es su precisión, su contención, sus líneas clásicas, como una escultura griega. Lo que me gusta especialmente de esta colección son sus colores más sueltos, más vulnerables, más terrosos.

Todo ello, por cierto, plasmado con claridad y esmero en las excelentes traducciones de Lawrence Schimel.

Me encantan estos poemas. Y me encanta la mano que conecta con el corazón y la mente que los escribe.

Achy Obejas
29 de febrero de 2024
Benicia, California

Música para
cuerdas
de bambú

¿Las palabras nos traicionan?

—Yves Bonnefoy

ELOGIO DE LA SOMBRA

Varias veces en el año mis dedos rozan las páginas de
Elogio de la sombra. Junichiro Tanizaki no sabrá que lo
he leído tanto que basta que mis dedos zureen sobre
las páginas para que las palabras suenen como el eco
inconfundible de las campanas en un templo de Kioto. En
las cálidas mañanas del Caribe, al amparo de una luz que
poco alcanza, mis ojos descubren un tokonoma imposible.
Yo, que no he tenido fortuna que derrochar, que ninguna
doncella atravesó por mí la majestuosidad de un jardín
japonés, que ningún guerrero hizo promesa de ganar para
este siervo un templo sagrado, que ni siquiera el fuego de
las lámparas copiará la silueta inexacta de mi cuerpo, he
tenido que contemplar mi vida con la misma paciencia
con que un granjero se asoma a la ventana y ve florecer
un cerezo. Varias veces, repito, mis dedos rozan estas

páginas que el tiempo desdibuja y pienso en la belleza como una estación efímera, un claro de luna, una gota que refleja en su esplendor de gota ensimismada, el universo que la contiene. Pocas veces rozamos la belleza unos instantes. Cuando el té perfuma las pequeñas vasijas y el *tokonoma* permanece delimitando el espectáculo de la luz y de la sombra, hay un momento para pensar que todo está allí como soñado por los dioses, que no hay nada fortuito, que alguien, muchos siglos antes, escribió esta historia que hoy daríamos por nuestra.

EL NADADOR, CHEEVER, OTRA HISTORIA

Soy el nadador de Cheever. Esta historia la he escrito en diarios que el fuego consumirá. Mis hijos descubrirán estas páginas y sabrán que su padre fue algo más que un viejo escritor de Massachusetts. He amado como solo un hombre entrado en años debe amar: con miedo, con precaución, con cansancio. Todas las cosas del mundo son concedidas antes de morir, menos el tiempo. Por eso es imposible amar de otra manera. Cuando vuelen los pájaros del estío los cielos de la tarde, yo habré escrito esta historia. Habré cruzado los patios, con la locura dándome latigazos en el rostro, con el deseo partiéndome en dos los labios. Soy el nadador de Cheever y soy Cheever, John Cheever, a ratos, cuando emerjo de las piscinas y alguien prepara una fiesta de bienvenida para mí. Decían que estas casas guardaban una historia luctuosa. He comprendido que la larva sorprendida por la luz experimenta un extraño delirio y que la muerte, tal como la conocemos, no es más que un retorcimiento de la vida. He comprendido estas cosas tardíamente. Ya no tendré tiempo de asomarme a los campos en donde hombres de torsos hermosísimos perviven como estatuas. Soy el nadador de Cheever. Mi historia es triste y efímera, como todas las historias.

EL VASO GRIEGO

Luchaban en el vaso una guerra imposible: el vaso había
resistido años de horror, de golpes. Él permanecía,
desnudo, sobre su adversario; el adversario, quizás
demasiado joven, mostraba también cierta desnudez.
Peleaban como amantes, como enemigos, sin movilidad.
Sin declararse vencedor o vencido. Cerca de ellos, fuertes
hombres con piernas de toro, esperaban. Nosotros
mirábamos el vaso, esa eternidad de la que nunca
beberíamos.

TRIGAL

A Jeanne

Un trigal en el Norte. No espero más. Que el color estalle y yo quiera escribir un poema de amor. Que afuera los árboles empujen un poco más al cielo con sus puntas. Que yo diga: ésta es tu mano, tu lengua, tu cuerpo. Que todo sea sencillo, como lanzar una piedra a un lago.

LOTO EN LLAMAS

La brisa del río . . .
Visitamos un fino quimono bermejo
en la noche estival
—Yasunari Kawabata

La noche y Lincoln Road, cuerpos, ánforas sagradas.
Regresas de la playa. Lo sé por el olor a sal, por la
piel ungida en aceites. No sabría nombrar la belleza
sin recordarte. *Lo bello y lo triste,* como una novela de
Kawabata, pienso sin nostalgia. Nadie viajará a Kioto
para escuchar el tañido de las campanas del templo.
Todavía es la primavera del mundo, la gran noche estival.
Un pasaje del libro recuerda cómo disfrutaban las horas
a orillas del río Kamo, cómo acudían los adolescentes a la
luz de la luna, ocultando el rostro detrás de los abanicos.
Regresas y hablamos de la noche interminable, de la
felicidad y de esos lotos que flotan sobre la calma de las
aguas antes de ser devorados por el fuego.

GRULLAS

No sabría explicarlo pero en algún momento las grullas
del haiku y las de un lago en Japón fueron las mismas. El
papel de arroz resplandecía y la palabra *grulla* escapaba
de mis manos. Fue en ese instante que algo —una hoja,
una piedra o el reflejo de un pájaro— quebró la quietud
de las aguas. Hablar de un milagro sería conceder a un
acto tan sencillo una extraña naturaleza inexplicable.
Me pregunto, empero, si alguna fue vista por Nichiren
Daishonin en su exilio de Sado; si alguna cruzó, con la
elegancia que toda grulla supone, ante sus ojos, y si sus
ojos, consumidos por el dolor y la desesperación de saber
que no verán otras grullas más, se demoraron en esa otra
que entraría, bajo la forma de un dibujo, en un papel
perlado.

VIRGINIA WOOLF, UN RÍO, UNA FLOR
QUE SE HUNDE

Estará en New Orleans, dijo. La luz golpeaba. El tren se extendía por campos en la noche. Estará en New Orleans, repetía. Algo de esto escribió en páginas que no guardarán más asombro que lo que se escribe acaso por amor o sosiego. Cada palabra intentaba describirlo. Si encontrase piedras, pensaría en Virginia Woolf, en un río, en una flor que se hunde. Detrás de él, pájaros oscuros picoteaban su sombra. La mujer diría algo. Los niños huirían. El fuego sería el mismo del filme de Tarkovsky.

EL PASEO

La anécdota es, quizás, apócrifa. Marina Tsvetaeva camina
bajo los árboles helados. Ana Ajmátova la sigue. No hubo
conversación entre las dos. El paseo estaría gobernado
por el silencio. Dos pájaros devastados por la vida,
pienso, o por el frío. Cerca de ellas estaría la belleza, los
altos pinos enredados en la niebla del aire; los senderos,
algunos senderos, no conducirían a sitio alguno. Ellas
caminaron solas, bajo los bosques helados. Sin lesiones.
Sin mencionar siquiera algún poema favorito. Cada vez
que pienso en ellas, pienso en pájaros devastados.

OUT OF AFRICA

A Eloy

You know you are truly alive when you're living among lions.
—Isak Dinesen

Yo nunca tuve una granja en África ni estuve al pie de
las colinas de Ngong, y de joven, acaso por rebeldía, me
resistí a leer el libro. Isak era un país en la memoria,
nunca un cuerpo delgado consumido por la sífilis,
una sombra que la hierba cortaría, sin eco alguno, sin
musicalidad aparente. Por años tuve el libro en mi
mano y mi mano temblaba. Recuerdo cómo caía la lluvia
sobre esas praderas y bastaba cerrar los ojos para ver
aquellos cuerpos demorarse bajo la luz de la tarde, todo
entrevisto desde la falsa luminosidad de una página
escrita. La muerte movía los portones. El dinero o el
amante se perdían como las hojas. Yo nunca tuve una
granja en África, tampoco el perfume del café invadiendo
los cuartos en la mañana. Solo leones poblaron mi sueño
y acaso el rugido lastimoso de esas bestias fue lo único
memorable al despertar.

BELLEZA

A Solaris

Después de subir la pequeña colina, miramos atrás: la luz extendía la mies más allá de los ojos, el viento lograba un milagro: todo se movía en una lentitud estudiada. Entonces señalaste la cabaña; el eco de las campanas llegaba desde algún sitio. Yo miré tu mano y pensé en la belleza, en ese mundo que tendríamos por delante..

WAJDA

Esto que soy ha vivido siglos de angustia. Caballos de
oscura sangre han muerto por mí. Mi cabeza rodó bajo
la ergástula. He vivido en trenes, en cuartos devastados,
páramos donde la bruma nublaba el aire. Mi boca
tiene el sabor de los metales. Entre un vagón y otro
transcurren mis días: siglos de una devastación capital,
sin amor. En Auschwitz o Katyń han tirado de mí como
de una bestia. Pobres hombres de mi conciencia, ¿qué
podría hacer yo ahora si no recordarlos en el instante
en que se vuelven fuego o ceniza? Pobres hombres de mi
conciencia, mírenme lacerar mis manos, tocar la fruta, dar
el manotazo. Miren cómo salpica la sangre en el cristal
para que más allá no sea el paisaje sino una estación de
miedos. Vida, sí, pero a qué precio. He vivido en trenes,
en cuartos devastados. Esto que soy ha vivido siglos de
angustia.

EL ACTO

El ardor de la llama y el dedo que no sabe entender que
todo acaba o comienza en ese instante. Bajo los cerros,
la ciudad. La luz carcome las columnas, las verjas, los
patios interiores, las fuentes sin agua en esa inmovilidad
que solo los retratos. Podría voltear la carta, negarme al
juego de dios y de los hombres, quedarme en el espejo del
suicida y caer de bruces en el asfalto: ningún acto tendrá
otra nobleza, otro significado.

EL POEMA DE ELIS

Elis: parto con las manos sílabas suicidas. El paisaje se vuelve cuerpo, látigo; se parte el paisaje. Sílabas, solo eso, Elis: apenas el susurro de las palabras: una que abre la conversación, otra que entra en los oídos como la muerte en los cuerpos de la vida. Sílabas, Elis: el chasquido final de la trompeta que apenas escuchamos una vez; nunca dos veces sin preguntarnos por qué la devastación, por qué estas vigas creciendo donde un amor y otro suponen un árbol, un país que no queme como un fuego entre las manos. Sílabas, Elis: tu piel tocada por los días, por las horas; mis manos en ti, mis manos sosteniendo el límite, mis manos prisioneras, partiéndose sin dolor frente al espejo, sangrando, un río mis manos. Sílabas, Elis: el trazo de la huella en el muro y el muro que existe para rompernos, caer de rodillas como la res, en el silencio, nunca desde el dolor; el dolor engaña, pone de punta la carne inagotable, la carne trampa, jaula, su vestimenta. Después de todo no va a quedarnos un acto simple: nada queda; nunca estaremos sentados en una casa noble. Sílabas, Elis: mirar la flor que golpea en los ojos y adivinar que esa flor es el hambre, lo que permanece; ver la luz que da latigazos sobre ella y sentir que la carne se abre y solo entonces saber que toda vida es breve y que apenas tenemos tiempo de salvarnos.

MI MADRE PINTA UN CUADRO DE
FLORES AMARILLAS

Pinta un cuadro de flores amarillas —flores que no
pertenecen a ninguna estirpe, falsas flores de campos
imprecisos, flores de resurrección— y yo siento el
perfume en el cuarto. Miro su mano y recuerdo: hace
años pintó otros cuadros. Aquella postal de invierno,
aquel retrato ¿Dónde estarán ahora? Hoy me acerco
y la miro: su mano traza perfiles delicados: el color
desaparece, cambia, no es el color sino la mutación de un
color lo que me fascina. Mi madre apenas levanta la vista;
solo pinta un cuadro de flores amarillas. Yves Bonnefoy,
se pregunta, en *El territorio interior,* ¿qué habría traído
esa profundidad sino el aumento del enigma? ¿Qué
habría traído mi madre, pienso yo, a esa profundidad
que solo ella consigue, sino la de alcanzar un tiempo,
una abstracción, una forma que, obcecada en el silencio,
no produce más que otro silencio, cerril, escasamente
necesario? Pintar un cuadro de flores amarillas, ¿qué
significa? ¿Qué lugar es un cuadro de flores amarillas y
para qué se pinta?

EL PAISAJE

Despertar y verse, no en la hoja, no en el árbol, siquiera en el campo que se extiende sin remedio. Despertar y verse tan solo en la semilla, en su conciencia, pujando, y saber que nada de eso existe, que pronto seremos consumidos por el paisaje, que lloverá sobre nosotros, que una mano más o menos hermosa, humana siempre, nos lanzará al polvo y que el polvo hará lo mismo que la mano y que nadie vendrá a hablarnos de sosiego, de labilidad, porque todo pasará tan rápido como un canto de estrellas en el cielo.

EL RETO

A Héctor Medina

La distancia entre la rata y yo es mínima. Ella mira la casa desde su pequeñez; yo miro la casa desde mi grandeza. Presos de qué espacios, pensamos los dos; presos de qué trampa, vivimos. La situación se extiende por minutos. La rata se cansa de que nada suceda; yo me canso de lo mismo. La casa, imagino, no podrá con tanta inacción, tanta quietud insostenible. Se supone que entre la rata y yo se establezca un diálogo, una guerra, algo. Pero nada sucede: mentes inferiores desafiándose, somos eso, en el silencio.

LO SAGRADO

A Jennifer Rodríguez

Entre las tarjas rojas, medianamente oscuras, humedecía;
la lluvia ha sido un paisaje extraño, una cortina que
estuvo allí ensombreciendo un tiempo, un dibujo que
recuerde el rumiar de las bestias en la noche. Todo lo que
allí veríamos se alargaba en el tiempo; manos que no
eran las nuestras rozaban la seda. Vimos un cuadro con
un cerezo en flor: el aire perfumaba y las costas del país
desdibujaban la penumbra: el mar rompía, nocturno, y
la espuma desgajaba. Todo era música y el estío evocaba
nombres pronunciados por horror, por descuido. He
vuelto por nadie y acaso por nada; detrás del cristal,
una mano se agitaba levemente. Todo como en un sueño
blandía su extraña persistencia. He vuelto por nadie,
lo he dicho, pero en las altas horas, sumido en el fulgor
de los árboles en la noche, un forastero se desnudó de
repente. Vi sus ropas caer, vi su cuerpo ofrecido al viento
como una hoguera, vi sus manos imitando un jarrón
egipcio, levemente sagrado. He vuelto a ver sus ojos; su
cuerpo recortado por la luz como si trajera, ocultos en la
espalda, pequeñitos faroles de aceite. Llovía. El relente
horadaba el tiempo de las cosas. Las columnas blandían
su oro al aire, niños escuálidos jugaban, alguien silbaba
una canción y en el cuadro la luz fulguró, débil, como el

alba que a veces, acaso por timidez, entra en el paisaje tanteando. Así avanzaban los cuerpos en lontananza, tocados en el orgullo y la conmiseración de unos pobres habitantes de provincia. Así volaban los autos en la niebla, inundados por una música que todo lo confunde. El aire volvió a perfumar: la luz entró prometiendo un fuego, que lejos de entibiar, lejos de sumirnos en ese espacio sagrado que toda luz sugiere, ha de quemarnos.

LA CARTA

Detuve la carta. Lábil la luz sobre los cuencos vacíos, sabiamente colocados en la mesa. Silenciosa la luz y los cuencos, pensé. Entonces entró el muchacho que en su costumbre no esperaba de más que un gesto, una aceptación. Las palabras que dijo permanecieron en mí con la calma irremediable con que recordamos un salmo antiguo. Detuve la carta y miré sus cáligas. Un eco de espada que cae me despertó en aquel momento. Seguí escribiendo: la carta comenzaría así: *lábil la luz sobre los cuencos vacíos* . . .

EL CALÍGRAFO

Escribía a mano. Las palabras brotaban como islas en
el alba. Detrás había música, luz, un mundo en fuga.
Puestas en el papel, parecían torrecitas formando un
reino. Por un instante sentí ese orden, la necesidad,
que lo escrito tuviese la pulsión de un gesto. A veces,
intentando desprenderse de un objeto hermoso, miraba
las cosas que le rodeaban en el cuarto: una lámpara,
un libro de tapas doradas, un retrato, un samovar
falsamente antiguo. Ordenados sin precisión, abigarrados
unos a otros, el espacio se reduce. Volvía al papel. Lo
blanco esplendía, un papel de luna. Las palabras brotaron
de nuevo como si todo fuese el paisaje visual de una
conversación imposible.

LA CONSUMACIÓN DEL SUEÑO

Entramos al olvido: los puentes se alzaban en su
costumbre sobre el agua. Entonces todo relumbraba:
la hoja de las espadas, las perlas que adornaban las
empuñaduras, tenían el esplendor de las cosas sagradas,
cosas que mi mano rozaría un instante como si alcanzara
la belleza o el olvido. No faltó el cielo ni la música que
marcaba el ritmo entrecortado de los pechos, ni las
manos que tocarían en un ritual jamás repetido dos veces
esos cuencos de laca donde la noche abreva, inabarcable.
Fue en ese instante que pedí la consumación de un sueño
y las banderas hincaron el aire y el oro de las sedas
llamearon en el aire de la noche. Fue entonces que todo
aconteció como por vez primera; una voz de muchacha
llegaría hasta mí mostrando entre sus manos un espejo
en el que se confundían su rostro y mi rostro para
siempre.

EL DESEO

El deseo, en la noche, es un pétalo amargo. Yo volvía del Arscht Center. En mi mente flotaban los recuerdos: *strangers in the night*, Schubert, sinfonía en tres movimientos, Twyla Tharp y Balanchine y la multitud aplaudiendo, complacida. Había jurado mil veces no repetir esa historia de cuerpos perdiéndose en las sombras, morder un labio, tener conciencia de que todo comienza y acaba en ese sitio, en ese instante, un guión inevitable. El deseo, pensé, su extraña pulsión.

SEDA

Aquí tuvimos una conversación apacible. Aquí fue el fuego dorándonos las manos, el resplandor del fuego sobre el metal de los objetos. Este es mi amor, dije, este el cuerpo que mi mano atraviesa, esta la estación de los pájaros suicidas, este el olvido que me encierra como a un animal rabioso. Cuando hicimos silencio, una seda bajó por sus ojos. Pensé en un personaje de Vermeer o del Greco. Extendí mis manos. Cuando la seda cayó, no había fuego ni estábamos nosotros.

LA BELLEZA

Cuando quisimos definir la belleza, un niño cruzaba bajo las telas que la luz y el aire conmovían, rumbo a la plaza. Ese acto, hermoso y efímero, hubo de silenciarnos. La imagen del niño permaneció unos instantes o toda una eternidad. ¿Quién podría decir que ese sitio estaba hecho para la gloria? ¿Quién dormiría con el temor a que el rostro cambie de rostro o las manos ausculten sobre el asfalto un abismo inminente, qué piedra prometería un camino, qué lámpara un regreso?

LAS COSTAS

Rozo la superficie de los libros. Un barco se pierde, una mano traza un paisaje inmarcesible. Creo no reconocerme frente a la pira de los muertos. Ninguno de sus cantos sostendrá mi historia. Procurar un dominio, un cuerpo que se extienda como un madero sobre el río, no dará el sosiego de estos días en calma. Hablamos de los parajes en que el astro destilaba, del olvido natural de los segadores, del sol rompiendo tras el cristal de las tiendas. Éramos pobres, sin levedad aparente; doblados sobre el miedo, bogando como lentísimos cadáveres sobre el agua. Cuando vimos un pueblo pensamos en las costas que la felicidad supone, pero la felicidad nunca fue un pueblo apacible, ni una calle adornada con lámparas de oro. Todo lo que soñamos estaba en los libros. Sueña, corazón, estos son tiempos de contar la historia del farolero y del pueblo en el que levantaremos nuestro amor como una ergástula al centro de la plaza.

CLARO DE LUNA EN VERMONT

A Gema Corredera

Pennies in a stream
Falling leaves, a sycamore
Moonlight in Vermont . . .
—Sung by Ella Fitzgerald and Louis Armstrong

Ella y Louis cantaban *Moonlight in Vermont*. Nosotros buscábamos la corriente, las hojas de los sicomoros cayendo sobre el río. La montaña y el cielo podían tocarse. Soplaba el aire del verano; los pájaros cantaban. Tarareamos la canción. Yo pensé en el lenguaje de los árboles, en el cuerpo, tu cuerpo, que confirmaba mis manos. Cómo sería, pensé, no haberte visto, no tenderme bajo la hierba nocturna, no susurrar esa canción bajo la luz inconfundible de una luna en Vermont. Ella y Louis cantaban. La felicidad era ese instante.

UN CUADRO DE BRUEGHEL

Hablaste con palabras de otro mundo. ¿Quién recordará
cómo te perdías entre los álamos? ¿Qué perfil trazaste?
¿Por qué la fuga hasta los sitios del dolor? Nombrarte
tigre, doncella o pájaro, no serviría de nada. El poeta
no podrá cantarte nunca. Nadie atravesará esa calle
que conduce a la plaza. Podrás perdonarme tanto amor,
quedarte sobre el abismo del pozo, esperar que la muerte
llegue con un farol a medio encender entre las manos,
cansada. Podrás falsificar un paisaje de Brueghel, esperar
la madrugada, sin certidumbre, sin amor.

LA PAZ DE LOS RETRATOS

El cuerpo cae. La sombra insinúa un gesto. Buscamos los arenques en la costa de Sebald. Para estar allí, humedecí mi cuerpo con hojas, dibujé círculos en la palma de mi mano mientras los pescadores hablaban del viento y de la piedra lunar. Todo transcurre en la paz que suponen los retratos. Los perros ladraban sin eco alguno; un cuerpo temblaba junto a mí. Soñaré cosas muy simples: el paso del viento sobre las hojas, un rostro adolescente, una ánfora olvidada.

PAISAJE EN UNA POSTAL

Podía extender la mano y rozar el objeto, la carne
impoluta, dormir junto a aquel cuerpo. Todo lo vi como
quien mira el paisaje en una postal. Cuando cerré mis
ojos, su rostro y mi rostro se perdieron: alguien cantaba
una canción de amor. Sonaron los cuernos, la fruta
rodó por mi mano. Estamos hechos de cosas simples,
pensé; cosas más o menos humanas, repetidas hasta el
cansancio. Podía adivinar aquel perfume antiguo. Hubo
una lámpara, unos cuerpos en la seda y una madrugada.
Mentiría con elegancia: ocurrió en Estambul, mis
manos puestas sobre el libro, su cuerpo junto al mío,
prometiendo el desastre.

MARGUERITE

Pienso en Hélène Lagonelle y en su rostro devastado por los años. Tu rostro y el de ella son la misma cosa. Hace unos meses ella lanzaba su vida por el agua, tú venías de ciudades en ruinas, huyendo del amor, de hombres. No tengo hermanos, dije, país ni nadie que espere. Soy un viajero más. Todo lo que puedes contra mí es un simulacro. Mi miedo nada tiene que ver con la posibilidad de unos padres ni con la costumbre de representar un personaje perdido en una ciudad sin nombre. Ni bosques ni silencio logran un acomodo en mí, una ruta. Pienso en Hélène Lagonelle y te hablo de ella aunque no sabrás quién es. Es la pérdida la que me obliga a hablar de cosas muertas. Me gustaría escribir esto como una confirmación. Sumergido en ese mar de aguas cálidas, de nada servirá construir otra historia. Aquí no es Delfos. No estamos en el Mekong. La línea del horizonte apenas persiste. Los bañistas van y vienen seguros de su belleza, de su desnudez. La fijación o el deseo son efímeros. Nada regresa. No volveré a pensar en tu rostro ni en el rostro de Hélène Lagonelle. Flotaré en el mar: seré una isla, un náufrago que rechaza toda posibilidad de éxito.

EL PRODIGIO

Cuando digo te amo sin amarte, ¿te estaré amando?
Faltará un bosque, esta ciudad que empieza y termina
rodeada de aguas. Hay un sitio para recordar cómo
viajamos por una provincia a oscuras. Un vagón en
donde nos reuniremos con el ángel de ojos afilados. Nada
diremos del lenguaje, de su inutilidad. Comeremos fresas
al borde de campos que verdean. Lloverá sin que sea la
lluvia de Madrid o de Ámsterdam. Lloverá simplemente,
un prodigio más. Luego vendrá tu boca a mi boca. Te
besaré, sin memoria. Toda la lentitud del mundo en un
beso.

LA FOTO

Thomas Bernhard: la foto establece el orden, el sentido.
Somos los sobrinos de Wittgenstein. Nada sabemos del
frío o de la enfermedad. Nada puede herirnos. Somos
los personajes de la foto. Ni la muerte puede llegar a
nosotros en ese instante. No hay horror. La foto es el
obstáculo (no nuestro), la fijación, un límite para el
que no existimos. Temes acercarte o que yo esté desde
siempre frente a la puerta, esperando. Temes el orden que
establece la foto. Avanzas sobre ese pedacito de agua: te
acomodas en el silencio, es tu estrategia. La tortura visual
dura un segundo.

EL VIAJE

Por la pantalla pasa un barco y pienso cuánto durará
esa imagen. Si cierro los ojos, si antepongo el brazo,
¿podrá borrarse? Los que viajan con la costumbre de
saberse en la cubierta, diciendo adiós con las manos,
¿permanecerán? ¿Alcanzarán una historia que los
eternice? Poco importa si el barco va o viene. Ninguno
de los viajeros dirá palabra alguna. Ninguna costa
los recibirá como náufragos. El barco pasa, de lejos,
imperceptible, rumbo a un sitio no tocado por las aguas.

SÍNDROME DE STENDHAL

A Manuel

Mis ojos ya conocen la luna del Mármara, la Mezquita azul y al muchacho en el Bazar de Estambul. Los olores —las esencias— abren túneles en el recuerdo. La ciudad entra en mí en esas cosas: una luna, una mezquita, un muchacho. Recuerdo la palabra *huzüm*, intraducible. Orhan Pamuk la describe entre un estado de melancolía o nostalgia, y yo siento vergüenza de irme sin descubrir la nieve de Estambul, su significado, la gracia de los muchachos que cruzarán una plaza en Taksim confiados en esa belleza que la juventud impone. Decirla tendrá el mismo valor de sopesar una moneda de oro en mi mano que no concederá otro don que no sea la inevitable trampa del recuerdo. Decirla y no sentir su peso puede ser un acto cruel. Hoy pienso en cosas efímeras como la luna, la ciudad y una moneda de oro.

LAS HOGUERAS

Las palabras oro, hierro, sombra no ocupan en mí sino un término, una estación. Miento para no sufrir demasiado. Es la ola del tiempo, dicen. La canción que hierve en la boca impronunciable de los muertos. Las palabras oro, hierro, sombra, arrastran mi cuerpo como un cadáver. Como el reo que ve arder su última noche en las hogueras, me abandono a toda ilusión de poseerlas acaso unos instantes.

UN MANZANO EN NASHVILLE

Con Camila Corzo Corredera

Vimos un manzano en Nashville. Yo ignoraba cómo
repetíamos, sin creerla, la leyenda. Fue en Nashville
y el árbol recortaba la noche. El aire helaba. Pensé:
he venido para repetir una historia, para tener una
conciencia, apócrifa, del deseo. Camila buscaba entre las
hojas algo perdurable, nunca el fruto escogido, nunca
la conmiseración de un gesto que define. Yo seguía su
mano en el aire. Algo en ella recordaba la belleza de
una estatua griega. El sabor, pensé, ¿tendrá lenguaje?
Comimos la manzana sin pensar en las manzanas en
Cuba o de Miami, luminosas manzanas de Publix, que
nunca tendrían el mismo sabor de estas manzanas del
Norte. Años después volvería a esa noche pensando
que toda memoria guarda un instante, un sabor breve y
perdurable.

EL RITUAL

En la respiración de la madera, en los rostros que
empujan la noche, veo los cuerpos que el delirio extiende.
Sé que el dolor pasará pero habré muerto antes. El dolor
llegará y no estaré; preguntará por mí y no estaré. Solo
habrá casas blancas, callejones inundados de un agua
oscura. Faltará el ritual de la salvación, la navaja dibujará
un cuello (el cuello irá apareciendo bajo el filo, noble,
mínimo). Nadie dirá palabra alguna.

CANTO DE CISNE

A Adrián

Cantó el cisne y no murió. Bajo el relente del patio la humedad descubre los árboles en la noche. Sostuvimos la muerte en los ojos, en los labios. El aire olía a polvo. El cisne volvió a cantar. Regresamos menos tristes. Ella lanzaba pequeñas piedras al lago. Nosotros mirábamos esos anillos que pronto darán, contra la orilla, un estado de indefensión.

LA COSTUMBRE

La luz sobre los toldos rojísimos y la ciudad que no
sabe cuánta belleza quedará de esto. Hablamos poco,
lo elemental, diría alguien. Ninguno prometió nada. Tu
mano rozaba mi mano a ratos, sin estilo. Teníamos el mar,
el deseo y unas palabras que dijimos con pesadez, como
quien cumple con una costumbre.

UNA FOTO DE SPENCER TUNICK

Entre lo que escribo y lo que quiero escribir, hay un
cadáver. Un cuerpo desnudo que sabemos de memoria,
una madre llorando, un farol a punto de apagarse. Miras
los afiches en la puerta del baño, la foto en la que me
desnudé para Spencer Tunick, los libros en la chimenea
vacía, las espadas con diseños celtas; preguntaste si todo
aquello no era un mundo ajeno, una fuga. La luz entraba
y yo puse el disco de *Ella & Louis*. Alma que serás mía,
cualquier playa será la gloria, morderás la fresa y todos
callaremos. Así comenzaría el poema, pero tu mano rozó
mi mano y no hubo sino el silencio como un extraña
sierpe, rodeándonos.

LA HISTORIA

A Tania León

Del césped oscuro de la noche, de la huella del ciervo y del sonido del cristal quebrado por la piedra que una mano lanzara, acaso por crueldad, haremos nuestra historia. Si faltara el ritual, la lluvia caería como agujas; podemos esperar que todo pase como la sed, como el hambre, abrirnos un hueco en el pecho, besarnos como quien descubre la torva humedad que recordaría a la bestia. Recostados contra el muro, miraremos cómo pasa la vida, cómo parpadea ese farol que establece un orden. Del césped oscuro, del relente que cae (o sube) haremos una extraña manía de pensarnos.

TRIGAL CON CUERVOS

Los cuervos vuelan en la tarde sobre el trigal. Existen
(al menos para mí) en ese pequeño espacio que concede
la pintura. Ni los cuervos, ni el trigal, ni Van Gogh
logran una cercanía, un dolor compartido. A ratos,
como quien cumple un ritual, observo el cuadro, la falsa
representación del cuadro en el muro. Después todo
desaparece. He olvidado que el muro puede ser más
verdadero que el trigal con cuervos. Solo el cuadro —su
representación de la agonía— permanece entrando en mí,
como un garfio silencioso.

LECTURA DE *EL PAÍS DE NIEVE*

Leía *El país de nieve* y susurraba, despacio, algunas
palabras. Viajaba en tren. El cristal dividía el paisaje para
mí, un holograma de sitios y personas en movimiento
que nunca verán mis ojos. Pensé en una muchacha
escanciando vino, en un muchacho que vendría con el
rostro iluminado por la tarde. Detrás estaría la colina y la
línea de árboles verdeando hasta desaparecer, confundida
en la distancia. La nieve, en cambio, no llegaría nunca.
Para apartar esa imagen, cierro los ojos. El tren, en el
libro, entraba a un túnel inmenso y oscuro como la
noche.

SALVATORE

Se distinguen los campos, la extensión de los campos, las praderas enormes que vieron pasar siglos de amor y de angustia. ¿Volverás, me pregunto, como el personaje de *Cinema Paradiso*, acaso sin pensar quién habría esperado por ti? Si regresaras, si hicieras tuya aquella historia que llegaba con los circos, te harías llamar Salvatore. Todo para que tu historia y su historia tuviesen un mismo destino, una estrategia para confundir la muerte en un filme que ya demora en terminar.

LA SORPRESA

Pájaros blancos, humanos pájaros que predicen el viento, aquí haremos una ruina para todos, un ritual de consumación. Pájaros de la sorpresa, pájaros que beberán mi sangre, oscurecerán el cielo, acudirán como flechas de muerte a devorarme. Pájaros que entrarán en mi sueño, abrirán a picotazos mis ojos en la noche, desde adentro, como gusanos carcomiendo la carne violentada: lámparas que el muchacho encenderá mientras silba una canción a pájaros desolados.

EL MILAGRO

A Kirenia

Tocaba la cubierta de los libros: una edición de W.B.
Sebald, el Talmud, otro libro sin título y sin letras;
hablaba con palabras extrañas. Kendall, Coral Gables,
Brickell, Miami Beach. De pronto abrirá una página y las
grullas tocarán con sus patas la superficie del lago. He
aquí el milagro, dirá.

BREVE TRATADO JAPONÉS

En el noh, el traje cubre con demasiada austeridad
gran parte del cuerpo. Los hilos de oro y plata despiden
brevísimos destellos. Solo el rostro y las manos y una
parte del cuello logran enseñarse un poco. Cuando vimos
al actor demostrar que era una doncella, quizás la más
hermosa de todas, tan delicada y lenta que si limitaba sus
movimientos parecía una estatua empujada por el viento,
pensamos en la seducción como un abismo.

NATURALEZA MUERTA

A Sergio, the Russian

Cuando los pájaros picoteaban los frutos, nosotros discutíamos sobre el sabor de la carne putrefacta. Sin encanto. Sin belleza. Como si estuviéramos contemplando una foto antigua o una película en blanco y negro. Vocación de ascetas o de locos, dijeron. Espantados de algo que nunca sabríamos, los pájaros volaron. Con cierta lentitud nos acercamos al lugar del festín: el olor de los frutos picaba en los labios. Naturaleza muerta sin otros atributos.

LOS OBJETOS

Tocados por la luz, los objetos resplandecen. Cierta
luminosidad se desprende de ellos, como si fuesen
dibujos pintados sobre el oro. Hay un instante para
creer que la luz y los objetos son la misma cosa. Pienso
esto mientras me desnudo y la música del tocadiscos
cambia de canción y desde las sábanas alguien susurra
mi nombre. En tardes como éstas, leo versos de John
Donne: el placer de la lectura es el mismo placer con que
degustamos un cuerpo largamente soñado. La soledad de
sus ojos me supera. Desde la ventana observo los autos
detenidos; algunos jóvenes cantaban una canción de
moda. De poco sirve imaginar si regresan de un colegio
o si una vez que crucen la calle, se amarán como solo los
jóvenes saben hacerlo. Tocados por la luz, los objetos
resplandecen. Cierta luminosidad se desprende de ellos,
como si fuesen dibujos pintados sobre el oro.

DOLORES O'RIORDAN CANTA

Levísimo el reflejo en el cuenco de barro: las manos,
el perfil del rostro, la ondulación leve de su espalda,
persiste como un sueño. Si rozaran mis dedos sus dedos,
si rozaran la seda que lo envuelve fuera menos triste.
En la mesa, fresas dulces, libros que no leerá, una foto
antigua. Yo atravesaba la calle sin mirar. En Barinas
está mi amor, pensaba. Es la tarde y es la "Plaza de los
poetas". Leo sus nombres en el muro: nombres que van
perdiéndose en la distancia. En Barinas está el corazón, la
fuga, todo un mundo sin mí.

LA PARÁBOLA

Todo ocurre bajo la exacta morosidad del sueño:
Aquiles corre unos metros y la tortuga apenas alcanza a
completar un único metro irredimible. Aquiles avanza
con la rapidez que su cuerpo le permite; la tortuga
persiste, obstinada. Desde algún sitio llegan gritos
de júbilo. Es obvio que la carrera no acontece a solas,
y puede que en las gradas alguien apueste por uno u
otro. Unas pocas monedas ruedan sobre el piso y todo
enmudece. Yo sigo el brillo de esas monedas, el sosegado
esplendor que ellas poseen; y por algunos instantes
olvido, que la eterna carrera ha comenzado.

TO THE WONDER

Como Neil, voy de un lugar a otro, en silencio. He amado
en París, en Oklahoma. He hecho de mi vida una casa
vacía, una pradera con bisontes. Parece que huyo de algo.
Siempre quise estar de este lado del sueño, amar en París
y en Oklahoma, besar a la muchacha francesa, olvidar a
la americana, ir de un lugar a otro, en silencio, como una
película de Terrence Malick, en la que todo parece buscar
una maravilla indescifrable.

EL DESASTRE

Busco una zona de confort. Una vez más entro a esas oscuras compuertas; me pierdo sin remedio, voy al fondo. Avanzo; la sombra de mí mismo va empujándome. No poseo la imagen de un bosque ni una casa de puertas mirando al mar. Hoy tengo miedo. Se avecina el desastre o la imagen del desastre. Todo lo que puedo contra mí ya es un sitio en la distancia.

LA PESADILLA

A Rey

Cuando levantaron las antorchas, dije su nombre.
La habitación ardía con el verano. Sobre la mesa,
frutas frescas, una carta explicando cómo sucedían las
estaciones. ¿Esperaba el instante en que muchachos de
ojos como estatuas entraban a bañarlo? Yo miraba el
vaso con vino. La belleza de las cosas, ¿cuánto importaría
aquí? Acerqué mis labios y bebí. ¿Podría explicar qué
quedará de nosotros cuando se apaguen las antorchas?
Es el sueño, pensé, como una pesadilla del Rey Rojo.

THE HEART IS A LONELY HUNTER

> *There was a time when stone was stone*
> *And a face on the street was a finished face.*
> —Carson McCullers

Leo un poema de Carson McCullers: *stone is not stone,*
la piedra no es la piedra y pienso en ese tiempo en que
la piedra fue la piedra y tu rostro (no el rostro en la
calle) un rostro perfecto. Entre el poema y nosotros
han pasado años de angustia. En Georgia florecieron
los cerezos, en South Beach los chicos compiten con el
verano, los veleros zarpaban otorgando una sensación de
continuidad, una fuga perfecta para que pensemos en la
maravilla de las cosas que escapan. La vida, el amor, los
rostros en la calle, fluían. Leo el poema y ya no pienso que
el corazón sea un cazador solitario, no pienso en nada.
Mi vida se detiene en ese instante, una piedra inamovible
por los siglos de los siglos.

COMO EN UNA NOVELA INGLESA

A Sergito Vitier

Hablaba de islas perdidas. Su mano dibuja en el aire signos extraños. Islas de aire, pensé, sitios para los que nunca estuve hecho. Para explicarse mejor, trazó figuras en la arena. El mar oscurecía. Detrás de nosotros, la línea perfecta de los hoteles de South Beach. Pronto vendrá la noche con el neón de la noche. Todo ocurre sin ninguna novedad, un hábito, un ritual. Como en alguna novela inglesa, solo quedará el perfume de los sitios en que fuimos felices.

EL TERRITORIO DEL MIEDO

A Yimali

Cuando cruzamos la calle, ella deja caer el libro.
¿Hasta dónde llegará el amor, esa fascinación con que
envolvemos las cosas? ¿Servirá de algo tener un talismán,
besarnos sin pensar en nada? Ella se aproxima siempre
a las cosas silenciosas, habla cuando no tiene remedio,
habla poco. Su mano toca los objetos como si fueran de
aire. No es del todo humana. No me responde. No quiere
entrar conmigo al territorio del miedo. ¿Servirá de algo
todo esto? Ella sonríe, dice un par de palabras. Es bella
hasta en su sombra. Caminemos de nuevo, le pido.
El libro volverá a caer. ¿Hasta dónde llegará el amor, y
para qué?

LOS LÍMITES

Cuando caen las ropas y tu cuerpo se demora unos instantes en la ventana, te amo. Existes para mí en ese instante. Lo que ocurre antes o después, no existe. Lo hablamos varias veces para convencernos de que el otro estaba equivocado: las luces están, nos definen. Está el hambre y el sueño; está el golpe del agua en el baño, el disco de Norah Jones. Tú cantando *come away*. No es suficiente, escribo en el cuaderno. No es la transgresión lo que me seduce, es el límite; la arena que no cae del reloj es lo que me llama la atención, la mano que debe voltear el cristal con la prístina costumbre. Ves cómo me desnudo, cómo la ventana nos separa de la luz y las cosas sagradas. Te amo, repito, en este momento, nada más.

FIGURAS EN LA ARENA

Miro la bahía, los tranquilos barcos a punto de zarpar,
inconmovibles. Atrás ha quedado la madrugada.
Regresaré a mi cuarto, pensaré en tu mano entrando
en la arena. Todo, como en una postal, sucediendo. La
felicidad de quien sabe que cada minuto es eterno, solo
eso. Mañana no podremos repetir esta historia: no estará
la bahía, ni los barcos, ni la madrugada tendrá el mismo
sabor de la sal, ni tu mano será la mano que traza figuras
en la arena.

LO SOÑADO

Todo lo que soñamos quedó detrás como las costas de un país. Es el sueño, me dicen, nunca las palabras con las que yo intentaba escribir sin inspiración, sin música. La foto y el paisaje interponiéndose. El ruido del avión devolvía la realidad. En cada instante, la duda. Supuse que bellas muchachas tendían su ropa en los jardines, alguien vendría con el periódico, la luz resplandecía sobre los objetos sabiamente colocados para el milagro. No quiero el significado de este sueño, no quiero saber que un país existe como un puente o una trampa. No quiero poner un disco y quedar pensando cómo naufragaban los días. ¿Para qué regresar en otro tiempo, sin tedio, sin amor, sin que ocurra algo en nosotros como una culpa?

LA ESPERA

Pensábamos que todo acabaría: las islas, el mar de las islas y estos ojos nuestros que vieron las mismas cosas. Ningún sol doraba los cuerpos tendidos por placer. Ninguna mano santificaba la sal en los labios. Tierras de Abisinia o Capadocia nos vieron llegar como náufragos, con la misma zozobra con que siglos antes, otros viajeros cruzaron las tierras de Asia tras el soñado esplendor de la seda. Pensábamos que un país moría, y era cierto. Pensábamos que nosotros moríamos, y era cierto, y con esa extraña certeza de que todo acaba, alzamos nuestros brazos e hicimos un gesto de adiós que los años aún no han borrado. Pensábamos que toda tierra era poca y todo sueño inmenso, que una barca esperaría por nosotros, que alguien izaría las velas y que el viento —otra vez el viento inevitable de las islas— soplaría a favor.

CAPADOCIA

Subimos los promontorios dorados; la luz tocaba con
suavidad las piedras. Así es Capadocia, dijo Burak; yo
escribía, con desgano, la historia de aquel hombre que
vivió lo que pudo vivir un hombre sin días y sin noches,
a merced de qué sortilegios: un signo en la piedra, una
escritura, un canto repetido desde los altos minaretes. Un
paisaje lunar, el fin del mundo, todo lo que mis ojos no
sabrán comprender. Subimos hasta que la luz nos volvía
estatuas de oro. Nada que comprender, repetía, mientras
su mano rozaba la roca. La belleza es solo eso: una
extensión momentánea de la memoria y del olvido.

LAS PALABRAS, LA VIDA, UNA VELA ARDIENDO

A Pancho Céspedes

Las palabras, el reino de las palabras, será tuyo. Cuando el agua circular de la noche cante su última canción y ciegas las aves vuelen a estrellarse en algún sitio que nunca sabrás y alguien hable de esos días que fueron horas en alguna calle de París, recordarás que todo tiempo fue poco y que toda gloria no es más que una invención de la nostalgia. Las palabras nunca ayudarán; el reino que ellas acompañan, serán la trampa. Todo lo que habrás construido tendrá la permanencia del barro en la vasija, su fragilidad. Dirás que nadie te escucha, romperás la soledad de tu vida contra otra soledad. Amarás como se ama sin amor, por ejercicio, por salvación. Luego pensarás en la fatiga con que se envuelven las horas, en el tiempo que pasa por nosotros como un sable. Solo cuando esto suceda, te levantarás de la silla, encenderás una vela y pensarás si toda vida no es eso: una vela ardiendo entre las manos.

CARLOS PINTADO(Cuba, 1974) es un poeta, ensayista y dramaturgo que recibió el Premio Paz de Poesía por *Nueve monedas*, el Premio Internacional de Poesía Sant Jordi por *Autorretrato en azul* y fue finalista del Premio Adonais por *El azar y los tesoros*.

Pintado es autor de *La seducción del minotauro, Los bosques de Mortefontaine, Los nombres de la noche, El unicornio y otros poemas, Cuaderno del falso amor impuro, Taubenschlag, La sed del último que mira, Instrucciones para matar un ciervo* y *El árbol rojo*. Sus cuentos, ensayos y poemas han sido publicados en *The New York Times, The American Poetry Review, World Literature Today, Vogue* y *Latin American Literature Today*, entre otros. Su obra ha sido destacada en antologías como *Home in Florida: Latinx Writers and the Literature of Uprootedness* (University of Florida Press, 2021) y *Escritorxs salvajes: 37 Hispanic Writers in the United States* (Hypermedia).

El Coro de la Universidad de Yale interpretó su obra "Despertar" en 2023, con música de Karen Siegel. Ese mismo año, el Instituto Curtis de Música de Philadelphia estrenó "En los campos", una serie de poemas musicalizados, fruto de la cuarta colaboración del autor con la compositora Tania León.

Printed in the USA
CPSIA information can be obtained
at www.ICGtesting.com
JSHW021958130524
63048JS00004B/316